Pour Georgia et Kitty

Traduction
de Vanessa Rubio-Barreau

Maquette édition française : Laure Massin
ISBN : 978-2-07-066277-7
Titre original : *No Such Thing*
Publié pour la première fois par Flying Eye Book, un imprint de Nobrow Ltd., Londres
© Ella Bailey 2014, pour le texte et les illustrations
Tous droits réservés.
© Gallimard Jeunesse 2014, pour la traduction française
Numéro d'édition : 271053
Loi n° 49-956 du 16 juillet 1949 sur les publications destinées à la jeunesse
Dépôt légal : septembre 2014
Imprimé en Belgique

Le papier de cet ouvrage est composé de fibres naturelles,
renouvelables, recyclables et fabriquées à partir de bois
provenant de forêts gérées durablement.

Ça n'existe pas !

ELLA BAILEY

GALLIMARD JEUNESSE

Le mois d'octobre touchait à sa fin, aux alentours du 31,
quand Violette remarqua soudain...

que les objets se déplaçaient...

et que parfois même, ils disparaissaient !

On aurait pu penser, surtout en cette période de l'année :
« Au secours ! Un fantôme nous joue des tours ! »

Mais pas Violette...
Non, elle n'était pas si bête !

Quand quelqu'un chaparda dans le frigo,

elle trouva le coupable aussitôt !

Et pour le beau vase cassé ?
Le fripon était sous son nez !

La disparition de ses chaussettes ?
Des souricettes en avaient sûrement fait leur couette !

Quant à ses crayons, Violette avait tout compris.
Les preuves étaient là et le gredin aussi !

Et les draps qui séchaient, qui les avait chipés ?
Elle avait bien sa petite idée...

Violette démasqua même
le voleur de citrouille,

caché dans son arbre,
quelle fripouille !

Des toiles d'araignées dans toute la maisonnée ?

Facile, la fautive
se carapatait sur le parquet !

Et son balai qui disparaissait ?
Tout s'expliquait quand on faisait le guet !

Violette en avait un autre, heureusement,
pour compléter son déguisement.

Même les ombres et les bruits, si effrayants dans la nuit, perdaient tout leur mystère dès qu'on allumait la lumière.

Violette se leva, bien décidée à gronder voleurs,
farceurs et chapardeurs !

Car évidemment,
  c'est sûr et certain,
    tout le monde le sait bien...

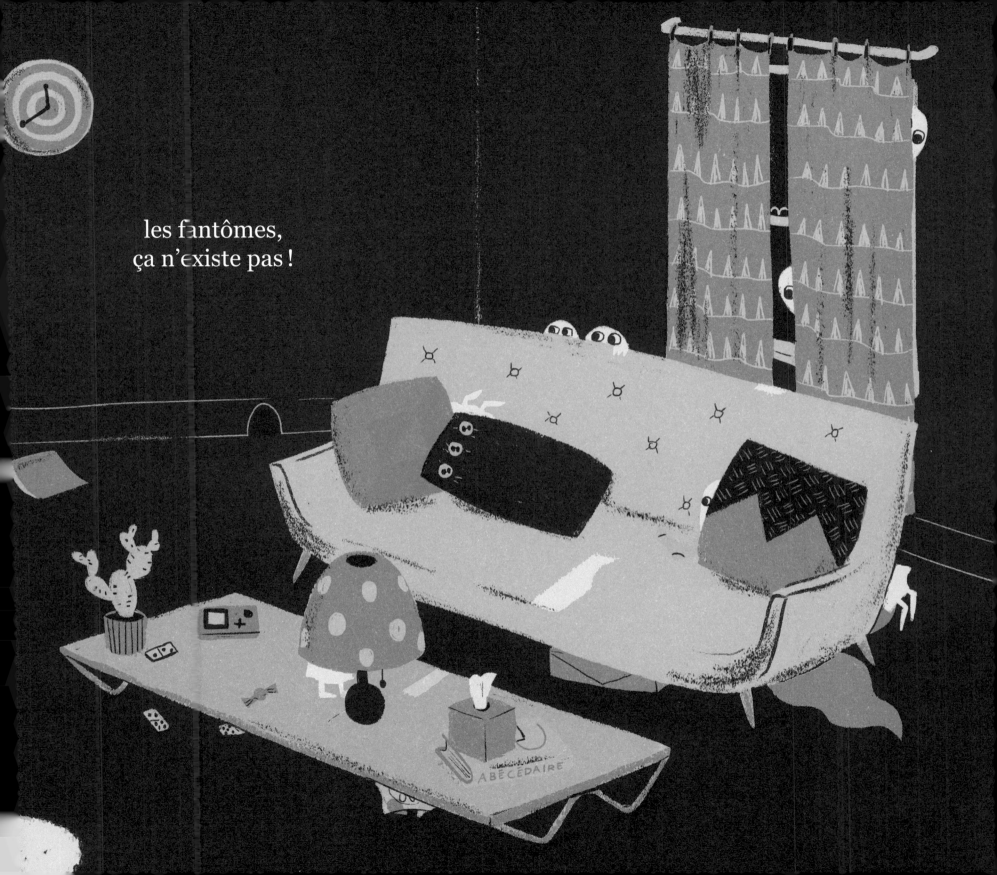

les fantômes,
ça n'existe pas !

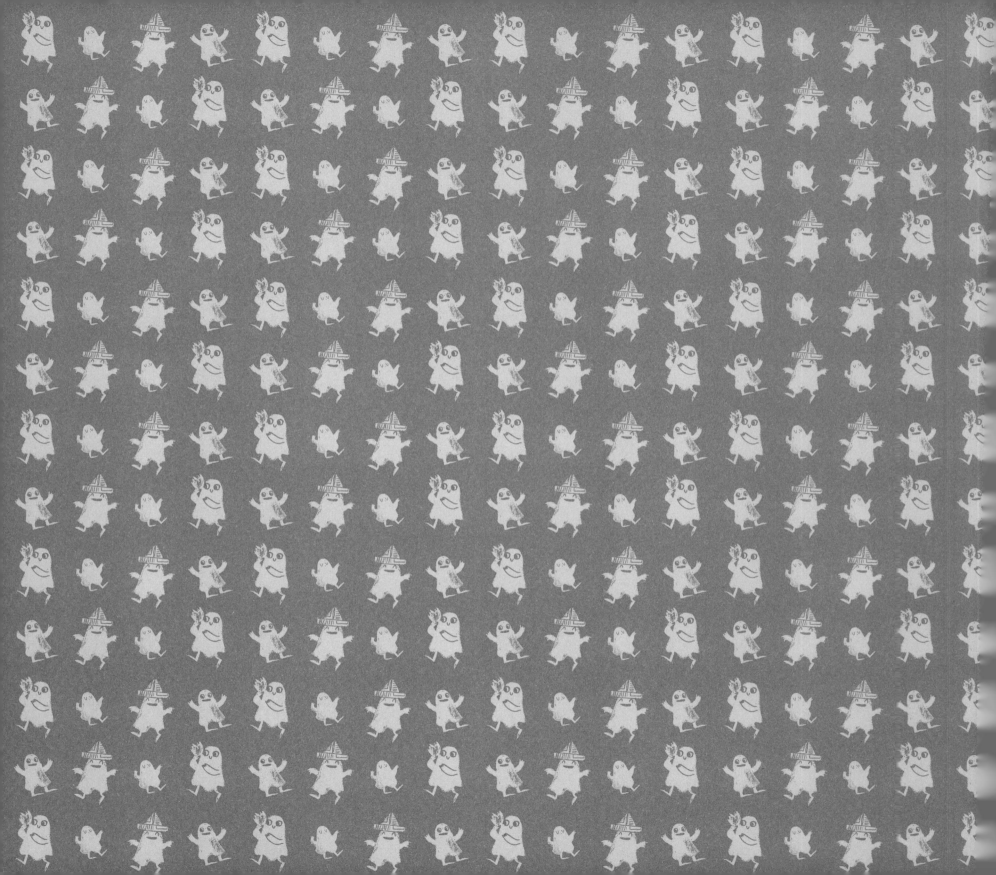